U0018040

我們來幫妙
卡卡集氣！

貓

妙卡卡◎繪

# 貓貓塗鴉

## 妙卡卡精選輯

2013 貓。旅行。遇到愛

2013 貓。旅行。遇到愛

2013 貓。旅行。遇到愛

2013 貓。旅行。遇到愛

2013 貓。旅行。遇到愛

2013 貓。旅行。遇到愛

2013 貓。旅行。遇到愛

2013 貓。旅行。遇到愛

2013 貓。旅行。遇到愛

2013 貓。旅行。遇到愛

2013 貓。旅行。遇到愛

2013 貓。旅行。遇到愛

妹頭

2013 妙卡卡畫畫貓

卡卡

基米

襪子

妞妞

2013 妙卡卡畫畫貓

大咪

2013 妙卡卡畫畫貓

妹妹

2013 妙卡卡畫畫貓

39

杯麵

① 準備材料

| | |
|---|---|
| 高筋麵粉 | 550g |
| 全蛋 | 50g |
| 牛奶 | 不用 |
| 砂糖 | 50g |
| 橄欖油 | 45g |
| 精鹽 | 8g |
| 水 | 330g |
| 即溶酵母 | 6g |
| 核桃 | 140g |
| 葡萄乾 | 50g |

②將材料攪拌成糰

③ 發酵

發酵60分鐘

翻面再放30分鐘

④ 整型

分割

一個120g

剪對魚

塗蛋汁

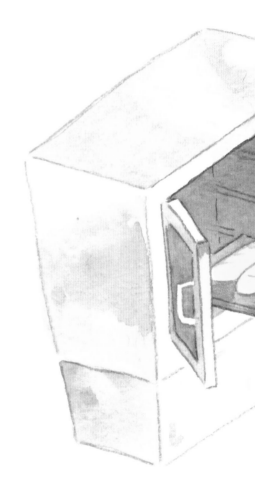

⑤ 170度烤18分鐘

2013 只有基米的展

完成！

堅果雜糧麵包

# Jimmy The Cat
## Lazy Show

Wow! What a fatty this Jimmy
the cat! Let's show them the
AMAZING, SUPREME, and
GORGEOUS lazy life...
with your bulky belly.

## Jimmy The Cat Lazy Show

Wow! What a fatty this Jimmy the cat! Let's show them the AMAZING, SUPREME, and GORGEOUS lazy life... with your bulky belly.

## 2012 基米優雅豪邁

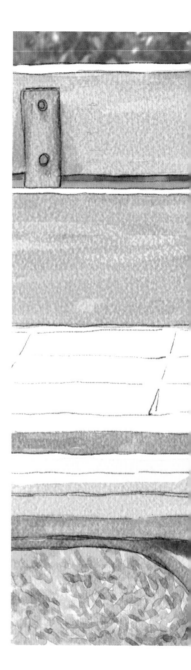

# 2012 基米優雅豪邁

## 2012 基米優雅豪邁

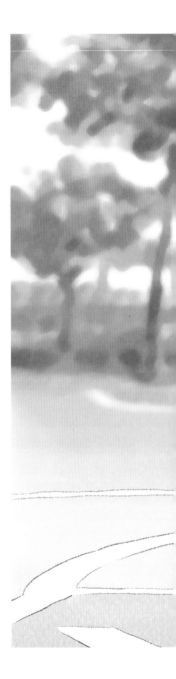

# 2012 基米優雅豪邁

# 2012 基米優雅豪邁

2012 基米優雅豪邁

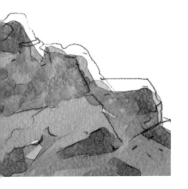

## 2012 基米優雅豪邁

# 2012 基米優雅豪邁

# 來了小貓 杯麵

諧音BATMAN

78

79

# 妙卡卡經典回顧

# 2005～2013

83

妙家大食堂

貓隱物語

異想貓的世界

現在，
你還愛我嗎

現在,你還愛我嗎?

聶寇妙爵士號
的冒險

2010　2011　2012　**2013**

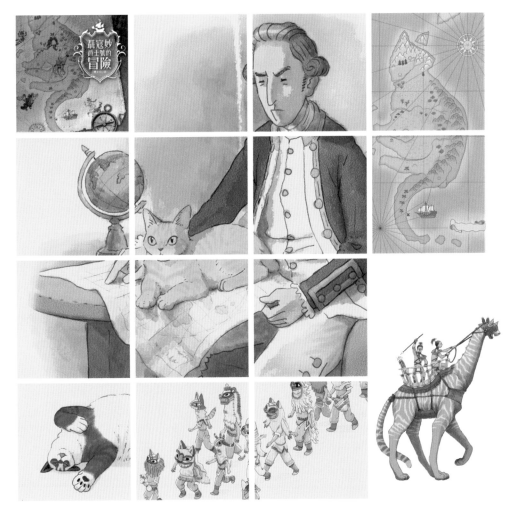

95

**貓貓塗鴉**
妙卡卡精選輯

作　　者　妙卡卡
企畫選書／責任編輯　陳妍妏
封面繪圖　妙卡卡
美術編輯　劉曜徵
行銷企畫　張芝瑜
總編輯　謝宜英
出版助理　林智萱
出 版 者　貓頭鷹出版
發 行 人　涂玉雲
發　　行　英屬蓋曼群島商家庭傳媒股份有限公司城邦分公司
　　　　　104台北市民生東路二段141號2樓
　　　　　劃撥帳號：19863813；戶名：書虫股份有限公司
城邦讀書花園：www.cite.com.tw 購書服務信箱：service@readingclub.com.tw
購書服務專線：02-25007718～9（週一至週五上午09:30-12:00；下午13:30-17:00）
24小時傳真專線：02-25001990；25001991
香港發行所　城邦（香港）出版集團
　　　　　　電話：852-25086231／傳真：852-25789337
馬新發行所　城邦（馬新）出版集團
　　　　　　電話：603-90578822／傳真：603-90576622
印 製 廠　五洲彩色製版印刷股份有限公司
初　　版　2013年12月
定　　價　新台幣260元／港幣87元
I S B N　978-986-262-189-9

讀者意見信箱　owl@cph.com.tw
貓頭鷹知識網 www.owls.tw
歡迎上網訂購；大量團購請洽專線(02)2500-7696轉2729、2725

**城邦**讀書花園
www.cite.com.tw